Ich

druckkostenzuschusse

jetzt mal

Mein langer Weg zum

Buch

Satire

Steffi Wieczorek

Bibliografische Information der Deutschen
Nationalbibliothek:
Die Deutsche Nationalbibliothek verzeichnet diese
Publikation in der Deutschen Nationalbibliographie;
detaillierte bibliografische Daten sind im Internet
unter http://dnb.d-nb.de abrufbar

1. Auflage
© 2020 Wieczorek, Steffi

Herstellung und Verlag: BoD – Books on Demand,
Norderstedt
ISBN: 9783752831986

Ein Buch ist dann ein gutes Buch,

wenn es den Leser aus seinem

„Alltäglichen Wahnsinn"

reißt

und die Zeit vergessen lässt.

J. T. 2019

Doch der Weg dahin ist steinig und schwierig, scheint manchmal einfach ausweglos zu sein. Es war, es ist, es wird geschehen. Jeden Tag aufs Neue. Viele wunderbare, kreative und so zuversichtliche Autoren könnten diese Geschichte erzählen.

»Hallo Frau Wieczorek, besten Dank für die Freigabe, ich melde mich, sobald wir die Bücher aus der Druckerei bekommen.«

Ein zärtliches Lächeln überkommt mich, nein eher ist es schon ein selbstmitleidiges, verzweifeltes Lachen, das mich bei solchen Nachrichten schreiend die Hände über den Kopf zusammenschlagen lässt.

»Ja, ja, bla, bla. He, und wo sind die Antworten auf meine Fragen!? Wer, wann, wo…? Ach du kleiner Lügner, wenn du wüsstest, was ich so alles weiß.«

Mein teuflischer Blick lässt sogar die Spatzen in meinem Garten aufschrecken und fluchtartig ihr Luxusvogelhäuschen verlassen. Mein Hund liegt erschrocken vor meinen Füßen und wagt es nicht, mich mit seinem all so präsenten Kläffen aus der Reserve zu locken. Ja, so ist das.

Heute ist der 20. August 2019, es regnet, die Stimmung ist abgründig tief. Es ist mein zweiter Urlaubstag. Und anstatt mich genüsslich in meinem Pool zu aalen und mich danach in der Sonne zu brutzeln, sitz ich auf meiner überdachten Terrasse, lausche diesen beschissenen Regentropfen zu und schreibe. Aber zum Glück kann ich es wieder. Die letzten

Wochen waren, ich benutze jetzt mal das Wort „schwierig", aber jegliche Art Schimpfwort, das euch gerade in den Kopf kommt, trifft es mehr als deutlich. So, genug Vorgeplänkel. Jetzt mal von Anfang an.

Das bin ich, zumindest ein Teil von mir

Ich, eine Neuautorin, geboren im Jahre 1971 im Zeichen des Steinbocks (also doch schon ein eher altes Mädel), habe mir im Jahr 2018 den wohl verrücktesten und teuersten Traum erfüllt, den ich mir je vorstellen konnte. Ganz egoistisch habe ich mich als Autorin geoutet und ein Buch veröffentlicht. Geschrieben habe ich irgendwie schon immer, seit mir die Macht der Buchstaben gegeben wurde. Aufsätze waren für mich kein Problem, in andere Welten abtauchen geht perfekt. In der Schule war das sehr hilfreich, denn ich bin ein Kind des Ostens und hatte meine wilde Sturm- und Drangzeit in den 80ern. Gerade zur Wendezeit standen meine Prüfungen an. Obwohl meine „Einstellung zum allzu mächtigen Sozialistischen Staat" immer kritisiert wurde und ich mit Wissen über Marx/Engels im Staatsbürgerkundeunterricht meinem Lehrer die Kontrolle nahm, war ich mit meinem Deutsch-Abschluss-Aufsatz über irgendwelchen „Auf-Auf-zum-Kommunismus"-Kram   natürlich perfekt. Naja – Märchen konnte ich ja schon immer. Schmunzelnd blicke ich gerade auf diese Zeit zurück, in der meine Lehrer doch tatsächlich den Eindruck hatten, jetzt bin ich ein braver

Mitbürger dieser abartigen Gesellschaft geworden. Lang, lang ists her. Mal abgesehen davon, dass mich nett bekleideten Herren das eine oder andere Mal aus dem Unterricht gezogen haben, um sich dann mit mir intensiv „zu unterhalten", habe ich diese Zeit recht gut überstanden. Böse, kleine Steffi, wie konntest du nur… Andere Geschichte, anderes Buch (wer weiß). Ich schwenke vom Thema ab, sorry. Nach der Schulzeit war erstmal finito mit dem Schreiben. Bisschen Sturm und Drang und Verrücktsein bevor mir das erste Kind endschlüpfte. Ein Prachtbursche, der mein Leben auf den Kopf stellte und es bis heute noch tut. Da wollte ich die perfekte Mama sein und begann vorzulesen. Erschrocken stellte ich fest, wieviel Horror in Grimms-Märchen steckt und habe angefangen, selbst ein paar Gute-Nacht-Geschichten zu schreiben, die sich auch Bub Nummer Zwei und Bub Nummer Drei anhören mussten. Immer noch besser, wie aufgefressene Großmütter, Hexen, die in den Ofen gesteckt werden, etc. Dann kam gähnende Schreibleere. Kindererziehen, mich selbst aufgeben, Kinder erziehen, mich um andere kümmern, Kinder erziehen. Eine Zeit, in der ich es, nachdem mein letzter Sohn geschlüpft war, nicht nur geschafft habe, 104 kg auf die Waage zu bringen und meinen mehr als üppigen Körper in irgendwelchen Säcken zu verstecken, Frisuren getragen habe, für die ich mich heute noch schäme, sondern auch vergessen habe, wer ich denn eigentlich bin. Funktionieren und das vierundzwanzig Stunden am Tag. Putzen, Wäsche, Kochen, Kinder hin- und herbringen, Hausaufgaben, pubertäre Phasen überstehen, an den Muttersein-Qualitäten zweifeln. Den alltäglichen Wahnsinn einfach hinnehmen. Noch heute knabbere ich an dieser Zeit, diese Frage „Wer bin ich eigentlich?" beschäftigt mich nach wie vor. Zweifel ist sowieso mein zweiter Vorname und ein dickes Fragezeichen kommt noch dazu. Doch darum geht es in dieser Kurzgeschichte nur nebenbei, denn so wirklich spannend wäre dies nicht.

Der Anfang

»Es ist Krebs!«

Diese Nachricht brachte mein ganzes Leben durcheinander, obwohl es mich nicht persönlich betraf. Eine Schulfreundin, mit der der Kontakt zum Glück nach vielen Jahren wieder aufflammte, schickte mir diese Nachricht, während ich brav im Büro meine Briefe vor mich hintippte. Ein Jahr voller Aufs und Abs begann. Operation, Chemo, Verzweiflung, Therapie, wieder Verzweiflung und endlich Hoffnung. Chaotisch für uns beide. Aber mit Happyend. Doch präsent ist dieses Monster Krebs natürlich noch immer. Im Jahr nach der Therapie fragte ich sie nach ihrem Geburtstagswunsch und sie hatte nur einen Wunsch – Gesundheit. Wieder überfiel mich dieses Gefühl von Machtlosigkeit. Aber es war der Moment, an dem ich wieder begann zu schreiben. Dieses Jahr der Krankheit und Verzweiflung, der Hoffnung und Freude. Ein Buch für meine Freundin, geschrieben aus meiner Sicht. Sie hat geweint und gelacht beim Lesen. Aber ich fand es so wichtig, dass sie weiß, wie schwierig es auch für mich gewesen ist. Nein, egoistisch war es nicht, es hat uns näher zusammengebracht. Gespickt mit Anekdoten aus längst vergangenen und aktuellen Zeiten, dazu ein kleines Märchen eingebaut und fertig war das Geschenk. Fertig, ja es war fertig und ich saß da und konnte nicht fassen, wie sehr mir das Schreiben gefehlt hat, wie sehr ich es vermisst habe.

Also fing ich wieder an zu schreiben, sehr zur Verwunderung meiner Familie. Da saß die Mutti wieder im Garten mit dem Laptop auf dem Schoß und tippte. „Der alltägliche Wahnsinn" war mein neues Objekt der Begierde. Ein sehr persönliches Buch, das unter strengsten Sicherheitsmaßnahmen irgendwo in meinem Schrank lagert. Wütend, sarkastisch, übertrieben beschreibe ich darin diesen alltäglichen Wahnsinn, der uns doch alle immer wieder zur Verzweiflung bringt. Gelesen und für gut befunden von zwei meiner liebsten Arbeitskolleginnen stand „Ende" unter dem Manuskript und ich wagte mich an das nächste. Ein Liebesroman, voller Emotionen und Leidenschaft. So hatte ich mir das zumindest vorgestellt. Aber das kann ich nicht. Es wurde ein Thriller. So sehr ich in diese wundvolle Welt der Liebenden abtauchen möchte, steht tatsächlich immer irgendwo ein Mörder hinter der Tür und wartet auf seine nichtsahnenden Opfer. Dabei hasse ich Gewalt. Es wurde das Buch, das es als erstes geschafft hat, in die Welt hinausgetragen zu werden. Mein „Schätzchen", meine Abgründe tief unten im Keller. Wobei Buch und Herausgabe gleichermaßen einem Thriller ähneln.

Der Verlag

»Oh, wie süß, genau das ist mein Ding.«
Mit einem breiten Grinsen im Gesicht sah ich
mir die Website dieses Verlags an. Ein kleiner,
eher mir unbekannter Verlag mit einem Besitzer,
der durch sein Bild, mit diesen zwei imposanten
Hunden, gleich meine Aufmerksamkeit erregte.
Mein Neuautorenherz schlug höher als ich ihm
mein Manuskript zusendete.

»Bitte, bitte sei du es, bitte antworte mir.«
Das eine oder andere Stoßgebet habe ich damals
sicherlich gen Himmel geschickt. Ich hatte dieses
Gefühl, genau das Richtige zu tun. Einen Verlag,
der mir, einer in die Jahre gekommenen
Neuautorin mit dieser verrückten Idee eines
Thrillers, eine Chance gibt und mich finanziert, zu
finden, daran habe ich natürlich nie geglaubt. Ich
habe hin und her gerechnet, aber ich wollte es,
mein eigenes Buch in der Hand halten. Und dann
war sie da, diese Chance, nicht gerade billig, aber
eben meine Chance. Der nette Mann mit den zwei
Hunden und Worten, die jedes kleine
Autorenherz höherschlagen lassen. Meine
Stoßgebete wurden erhört. Genau dieser Verlag
antwortete mir. Fassungslos über mein Glück
schrie ich laut „JAAAA" und unterschrieb.

Schließlich gab es diese Frist, nur sieben Tage blieben mir zum Lesen, Unterschreiben und Zurücksenden. Aber ich bin ja ein spontaner Mensch. Zack, zack Unterschrift drunter und ab in den Briefkasten. Und das alles war STRENG GEHEIM. Und weil es so streng geheim war, wollte ich unter dem Namen Steffi W. veröffentlichen. Doch ich bekam umgehend eine Mail von dem netten Hundebesitzer, dass es sehr, sehr unüblich und nicht verkaufsfördernd sei, seinen Nachnamen abzukürzen. Mein Kopf rauchte, ich überlegte hin und her, mailte Vorschläge, änderte Vorschläge und wollte schon alles hinwerfen, weil mir kein beschissener Name einfiel. Aber da ich ja natürlich schon brav gezahlt hatte (ein arschteurer Traum), musste ich mir etwas einfallen lassen.

Das Pseudonym

Ein bisschen verrückt bin ich ja tatsächlich und neben tausend Zweifeln besitze ich wahnsinnig viel Fantasie. »Na komm schon Steffi, lass dir mal was einfallen!« Da war sie, diese wahnsinnig gute Idee. Ein wenig Geschichte, ein wenig Horror und ein wenig fantasieanregend – mein Pseudonym. Der Vorname einer berühmten Frau, die verraten und verkauft wurde, gemixt mit einem Hauch Natur und letztendlich auch meinen Zweifeln, falls diese Geschichte auf dem Scheiterhaufen endet. Der Name – ein Untergangsszenarium, aber gut abgeleitet fand ich. Obwohl ich inzwischen das Gefühl habe, es ist eher ein ganzer Wald, der zu einem Scheiterhaufen aufgehäuft wurde, um mich mit meinem Buch darauf für ein und allemal zu verbrennen. Egal - meinen Namen und meine Familie wollte ich aus diesem Autorentraum immer heraushalten, ist ja nur Muttis-Gespinne. Und meine Art zu schreiben, blutrünstig, brutal, hinterhältig, ist nicht jedermanns Sache. Außerdem ist mein Name ja alles andere wie gut aussprechbar und hat den einen oder anderen

Haken beim Schreiben. Ich buchstabiere meinen Namen übrigens nach wie vor ständig.

»Ich heiße Steffi Wieczorek, Moment ich buchstabiere...« Wobei dann tatsächlich ab und zu die Frage kommt:

»Steffi? mit ph und ie?«.

Hmm... Steffi mit ph und ie? Die Leute haben ja mehr Fantasie wie ich. Ich heiße Steffi, und zwar nur Steffi. Gut, soviel zu mir und meinem Pseudonym, das ich wohl bereits damals sehr vorausschauend gewählt habe.

So – Name gemailt und nach langem hin und her auch dieses Exposé, Klapptext und Foto von mir, alles so ein Kram, der mir vorher nicht bewusst war.

Das Lektorat

Dann ging alles doch recht fix (dachte ich in diesem Moment noch). Post von der Lektorin. Sie teilte mir mit, dass sie im Mai mit dem Lektorat beginnt. Juhu, endlich geht's los. Warten, warten und warten bis diese Kalenderwoche endlich erreicht ist. Naja, kann ja nicht wirklich lange dauern, so umfangreich ist mein Manuskript ja nun wirklich nicht. Und siehe da, bereits im Juni bekam ich eine Mail mit meinem lektorierten Manuskript und der Bitte der Überarbeitung. Die kleine Autorin machte sich ans Werk, das neue Buch ließ sie links liegen, um nicht vor lauter Mord und Totschlag durcheinander zu kommen. Es war ein verzweifelter Kampf gegen Rechtschreib- und Grammatikfehler und das ganze ganz ohne Word und mit einem mehr als in die Jahre gekommenen Laptop.

»Hilfeeeeeee, was für ein Scheiß!«

Ich wusste nicht was schlimmer ist, dieses Fehlerkorrigieren oder die Uralttechnik. Aber irgendwie und irgendwann und eher unter dem Motto „Die Lektorin hat sicher einen super Job gemacht", geprägt von mich überkommender Betriebsblindheit und dieser Sehnsucht, endlich mein eigenes Schätzchen in der Hand zu haben, sendete ich mein „Meisterwerk" zurück. Nach einer Weile kam es nochmal zur Endkorrektur und zack, zack zurück zur Lektorin, ich wollte nicht mehr warten, vier bis sechs Wochen und ich kann es endlich in der Hand halten – dachte ich. Die Zeit verging, der Sommer gab sein bestes und inzwischen habe ich mich vorsichtig als Buchautorin geoutet. Natürlich kamen Fragen auf, vor allem eine.

»Wann bekommst du dein Buch.«

Mit glänzenden Augen stand ich dann immer da und ich glaub, damals konnte ich sogar noch lächeln bei dieser Frage.

»Höchstens sechs Wochen.«

Voller Ungeduld starrte ich auf den Kalender, überprüfte das Mail-Sendedatum und durchforstete dann ab Woche Vier täglich mein Mailpostfach. Doch es blieb leer. Sooooo leer, gähnende Leere ohne jegliche Nachricht.

»Hmm... sollte ich vielleicht mal nachfragen oder ist es nervig, schließlich ist es doch so ein toller Verlag und ich die kleine Niemand-Pseudonym-Autorin. Ach was solls, ich schreib mal der Lektorin.«

Ich glaub, nach dieser Mail kam ich das erste Mal so richtig ins Zweifeln. Sechs Wochen gewartet und dann diese Antwort.

»Sehr geehrte Frau Wieczorek, ich dachte Sie wären im Urlaub, da ich keine Antwort von Ihnen mit der Datei zur Freigabe erhalten habe. Leider ist Ihre Mail damals im Spamordner gelandet. Ich bitte Sie, mir diese nochmals zuzusenden, um sie gleich dem Verlag...«

Bla, bla, bla, so ein Scheiß. Sechs Wochen für den Ar... Und nur, weil meine Datei im Spamordner gelandet ist? Super! Ich bin schuld, schon wieder bin ich schuld, dass nichts vorwärts geht. Okay, aber jetzt, Datei gemailt, und zwar zwei Mal. Als Antwortmail und noch einmal separat mit der Bitte um Rückmeldung, dass meine Mail auch tatsächlich angekommen ist. Puh, sie kam dann wohl auch an. Jetzt wieder vier bis sechs Wochen warten, warten und warten. Dabei bin ich alles andere, wie ein geduldiger Mensch.

Das Buch

Also wartete ich und wartete, noch ein wenig warten. Naja, und weil es so toll ist, hab ich noch ein bisschen gewartet. Die Frage, wann denn endlich mein Buch erscheint, war inzwischen die wohl nervigste für mich. Dazu kamen bereits diese entweder mitleidigen oder die gehässig-neidischen Blicke. Wirklich öffentlich hatte ich meine Autorenkarriere noch nicht gemacht. Nur wenigen Freunden und Bekannten hatte ich mich bis zu diesem Zeitpunkt offenbart. Bis sich die Leute das Maul über mich zerreißen, wollte ich warten, bis ich mein Schätzchen tatsächlich in der Hand halte. Schließlich ist es dann eh zu spät, da der Verlag ja wahnsinnig Werbung, regional, überregional, wahrscheinlich weltweit, machen wird. So stehts ja schließlich im Vertrag. Presse, Radio, TV. Oh mein Gott, ich darf gar nicht daran denken.

Okay, die Blicke, die Fragen – alles nervte mich, da ich ja selbst schon mehr als genervt war, dass mein Emailpostfach leer blieb. Also wagte ich es dann doch noch einmal, den Verlag anzuschreiben, da ja diese Sechs-Wochen-Frist mehr als nur kurz überschritten war. Die Antwort zog mir erstmal die Füße unter den Beinen weg.

»Hallo Frau Wieczorek, die Druckerei hatte Urlaub, natürlich verzögert sich dadurch das Drucken Ihres Buches.«

Hallo! Wie bitte?! Was kann ich denn dafür?! Termine sind doch Termine. Dieses abartige Gefühl beim Lesen, wenn man versucht, die Mundwinkel gequält zu einem Lächeln nach oben zu ziehen und dabei die Zähne knirschend aneinander reibt und sich die geballten Fäuste kaum bremsen lassen, weil die Mittelfinger sich schon fast automatisch nach oben strecken, kommt immer häufiger in mir auf. Dazu das Gefühl, sich verstecken zu müssen, da man als Autorin wohl eine Vollkatastrophe ist. Oft wollte ich mich hinter mir selbst verkriechen. Gott, kam ich mir dämlich vor. Hatten etwa gewisse Menschen in meinem Vorleben recht, die ständig behaupteten

»Du kannst nichts, du bist nichts, du wirst nie etwas sein!«

Immer und immer wieder holt mich dieser Teil meiner Vergangenheit ein. Und dass, obwohl ich doch im Laufe der Zeit gelernt habe, dass ich nicht nur etwas, sondern JEMAND bin, dass ich so viel kann und dass ich so besonders bin. Ein Mann, zwei Hunde und meine dumme Idee haben mich nach und nach an den Rand der Verzweiflung gebracht. Stocksauer mailte ich brav und nett zurück und fragte natürlich, wann ich denn mit meinem Buch rechnen kann. Aber wie so oft einfach nur Schweigen im Wald. Dieses Schweigen, nichts ist schlimmer für mich, wie dieses verfi… Schweigen. Ab diesem Zeitpunkt mailte ich dann wöchentlich. Langsam hatte ich die Nase gestrichen voll. Mal nett, mal weniger nett, mal mit Androhung von anwaltlicher Gewalt und mal ganz unschuldig liebevoll. Das ging dann wieder über Wochen. Das Wort „Buch" war inzwischen zu einem katastrophal verletzenden Schimpfwort für mich geworden. Mit gesenktem Blick ging ich durch die Gegend und wollte mich einfach nur in irgendeinem Erdloch verkriechen. Dieser nett aussehende Mann mit diesen entzückenden zwei süßen Hunden hat mir inzwischen mein ganzes Selbstwertgefühl genommen und mich zum Deppen der Nation gemacht. Inzwischen sahen diese zwei Hunde für mich wie blutrünstige Bestien aus, die nichts mehr wollten, wie Jungautoren wie mich in der Luft zu zerfleischen und er, der Teufel in Person, der seine Untertanen zum Autorentöten antreibt. Wütend tippte ich die nächste Mail. Und siehe da – irgendwann Ende Oktober diese Nachricht.

»Hallo Frau Wieczorek, ihre dreißig Freiexemplare werden Ihnen kommende Woche zugesendet.«

Ne, oder? Wirklich? Fast fassungslos und ungläubig las ich. Natürlich war ich skeptisch, denn inzwischen glaubte ich diesem Herrn gar nichts mehr. Doch tatsächlich bekam ich dann in der folgenden Woche eine Mail durch den DHL-Paketdienst, dass meine Lieferung am nächsten Tag ankommt. Natürlich war ich da lang arbeiten und natürlich konnte ich die erlösende Nachricht meiner Angehörigen kaum erwarten, dass ein Paket für mich angekommen ist. Und sie kam – diese wundervolle Nachricht, an die ich schon gar nicht mehr geglaubt habe. Endlich! Erleichtert und überglücklich konnte ich es in der Hand halten – mein kleines „Meisterwerk", mein Buch. Es ist ein unbeschreiblich erhebendes Gefühl. So wahnsinnig viele Glückshormone, wie nach einer anstrengenden, nicht enden wollenden Geburt, wenn man dann endlich sein Kind in den Arm gelegt bekommt. Meine Hände zitterten, als ich dem Karton öffnete und mein Buch das erste Mal tatsächlich in der Hand halten durfte.

Die Werbung

Da ist es nun, das Buch, in meiner Hand. Und obwohl der Verlag ja vertraglich richtig gute Werbung versprochen hatte, begann ich, das Werbesüppchen kräftig mit zu rühren. Ich bin ja kein Facebook-Poster, aber mein Schätzchen postete ich sofort ohne größere Kommentare. Ganz ehrlich – ich bin kein Mensch der Öffentlichkeit. Okay, ich steh gern mal im Mittelpunkt, spiele den Klassenkasper und mein Mundwerk ist sehr rege. Doch sobald es um mich als Person geht, halte ich mich lieber diskret im Hintergrund.

Doch jetzt musste ich mich den Fragen stellen. Ich stellte mich und erntete erstaunte Blicke. Mein zweites Schreiber-Ich, meine geheime Leidenschaft, war plötzlich nicht mehr geheim. Außerdem werde ich ja bald in der Mittelbayerischen Zeitung auftauchen – spätestens dann ist mein Geheimnis kein Geheimnis mehr.

»Oh mein Gott – habe ich einen Schiss davor. Aber da muss ich nun durch.«

Dachte ich zumindest. Im Nachhinein ist es schon ziemlich lächerlich, welche Vorstellungen man hat, wenn man sein erstes Buch veröffentlicht. Manchmal weiß ich nicht, ob ich lachen oder heulen, ob ich mich verschämt in die Ecke stellen oder doch eher laut schreiend durch die Gegend rennen sollte. Denn dies, das durch diesen Herrn mit den zwei so entzückenden Hunden angepriesen wurde, war nichts wie heiße Luft. Gut, auf seiner Internetseite tauchte mein Buch dann mal irgendwann als Neuerscheinung auf, aber mehr habe ich werbetechnisch nicht mitbekommen. Erst jetzt habe ich mir mal seine so sehr angepriesene Werbung durchgelesen und musste entsetzt feststellen, dass er selbst da Stolperfallen und eigentlich ein großes Nichts in wunderbaren Worten verpackt hat.

„Wir bieten eine umfassende Öffentlichkeitsarbeit zu jedem im Verlag erscheinenden Titel. Von der Präsentation auf den Buchmessen in Frankfurt und Leipzig (im jährlichen Wechsel) über diverse Drucksachen zur Verkaufsförderung bis hin zur aktiven Bewerbung über unsere Mailverteiler. Regelmäßig sprechen wir den Buchhandel, den Buchgroßhandel, Zeitschriftenverlage, Redaktionen von Rundfunk und Fernsehen über unsere Infomails an und bewerben so mit Erfolg unsere Neuerscheinungen. PR (Public Relations) = Öffentlichkeitsarbeit bezeichnet:

- die Gestaltung der öffentlichen Kommunikation
- Maßnahmen zur Pflege der Beziehungen zur Öffentlichkeit.
- Maßnahmen zur Imagepflege eines Autors in der Öffentlichkeit.

Die grundsätzliche Aufgabe und das Ziel der Öffentlichkeitsarbeit/Public Relations ist es, den Kontakt zwischen einem Autor und der Leserschaft herzustellen, zu festigen oder auszubauen."

Also, wenn man so wie ich, diesen Text überfliegt, klingt es doch wirklich super. Jetzt, nach eineinhalb Jahren und Wut im Bauch, lese ich dann doch mal etwas genauer und stelle fest, dass eine „aktive Werbung über einen Mailverteiler" beziehungsweise Versenden von „Infomails" an verschiedene Institutionen in meinen Augen nicht wirklich verkaufsfördernd sein kann. Und der Kontakt zwischen mir und meiner Leserschaft wurde weder hergestellt noch gefestigt oder aufgebaut. So ein Schmarrn schon wieder! Da ist es wieder, mein „selbst schuld".

Blauäugig war ich, okay, okay, ziemlich blauäugig bin ich ja von Geburt an, doch diese rosarote Brille werde ich beim nächsten Buch sicher nicht mehr aufsetzen. Wenn es dann ein nächstes Buch überhaupt in den Handel schafft. Meine Skepsis ist zwischendrin immer wieder groß.

Nach dieser neuerlichen Schockerkenntnis habe ich meinem Verleger doch gleich eine „Zwischendurch-Mail" schicken müssen. Es nagt sonst Tag und Nacht an und in mir, raubt mir den Schlaf und lässt mein Gedankenkarussell auf Hochtouren laufen, bis mir schwindelig und übel wird.

»Hallo Herr Traumzerstörer, bald ist es ja soweit, bitte sagen Sie mir, in welcher Ausstellungshalle, welcher Stand ist der Ihre auf der Frankfurter Buchmesse? Schließlich haben Sie es mir Anfang des Jahres schriftlich bestätigt, dass Sie dieses Jahr Frankfurt als Präsentationsort für Ihre Bücher auserwählt haben!«

Okay, was mein wunderbarer Verlagsbetreiber nicht weiß, natürlich hat sich das kleine, alte Neuautorenmädchen bereits schlau gemacht und nach den Ausstellern und deren Stände gestöbert. Und was soll ich sagen – mein Verlag ist natürlich NICHT unter den Ausstellern. Also mal ehrlich, das hätte mich auch gewundert. Trotzdem oder gerade deshalb habe ich per Mail nachgefragt, denn inzwischen freue ich mich schon fast auf seine lächerlichen Ausreden. Das mit den Infomails und der Werbung über den Mailverteiler ist ja wohl der größte Schmarrn!

»He, wie viele Bestseller sind denn bereits aus Ihrem Verlag entstanden, da Sie ja so mit Erfolg werben! Namen und Buchtitel hätte ich jetzt mal gewusst! Ihr kleines Lügenkarussell dreht sich schneller und schneller, ich hoffe Sie merken es endlich! Nicht mehr lang, und Ihnen wird schwindelig werden. Und ich bin jetzt mal nett und sag schon mal „Danke" für die schnelle Antwort, obwohl ich mir sicher bin, dass Sie darauf sicherlich keine oder wieder nur so eine Larifariantwort parat haben.«

Ich sehe seine Antwort schon fast vor mir.

»Hallo Frau Wieczorek, könnten Sie jetzt endlich mal aufhören, mir auf den Geist zu gehen! Bla, bla, bla…«

So ist er, unser aller Geschäftspartner. Manchmal habe ich das Gefühl, im Dunkeln dürfte er mir nicht begegnen. Nein, ich hasse Gewalt!

Tatsächlich erreichte mich eine Antwort. Und was soll ich sagen, natürlich war es inhaltlich mal wieder ein großes Nichts.

»Guten Morgen sehr geehrte Frau Wieczorek (zum Samstag muss ich Ihnen schreiben, jetzt geht's aber langsam zu weit!), (nochmal für kleine, dumme Autorinnen wie Sie) wir bewerben unsere Bücher mit sehr vielen Aktionen direkt beim Buchhandel, bei Verlagen und Redaktionen von Zeitschriften, Rundfunk und Fernsehen, und in den sozialen Netzwerken Facebook, Instagram etc. Die Resonanz ist überaus positiv entsprechend den Genren, die unsere Bücher abdecken. Man darf nicht übersehen, dass bei jährlich zwischen 70.000 und 90.000 Neuerscheinungen im deutschsprachigen Raum, die Konkurrenz auf dem Buchmarkt sehr groß ist. Alle Verlage sind natürlich auf der Suche nach den Bestsellern, auch wir haben Titel, die sich einige tausend Mal im Jahr verkaufen. Die Verkaufszahlen sind von vielen Faktoren abhängig, z.b. Qualität des Manuskriptes, Genre, Qualität des Buches und natürlich vom Marketing. Es gilt aber für alle Verlage: ein Manuskript kann noch so gut geschrieben sein, ein Buch noch so hochwertig produziert und umfassend beworben werden – am Ende des Tages entscheidet der Leser über den Erfolg eines Werkes.

Auf der diesjährigen Buchmesse in Frankfurt sind wir und auch viele andere Verlage nicht vertreten, da die Messekosten extrem gestiegen sind und somit die Kosten-/Nutzenrechnung nicht optimal ist. Wir setzen die dort eingesparten Ressourcen an anderer Stelle zielgerichtet für unsere Bücher ein…«

Puh… Da hat er doch mal wieder durchblicken lassen, dass an meinem Buch kein Interesse besteht. Schließlich tut er ja nun wirklich ALLES, um Leserschaft und Buch zusammenzubringen. Mal ehrlich, aber was tut er? Mails verschicken? Und um Himmels Willen, was ist eine bessere Werbung als eine große Buchmesse? Mir ist doch vollkommen egal, dass viele Verlage nicht vertreten sind, er sollte dort mit unseren wunderbaren Büchern sein. Und „viele Aktionen?", „einige Bücher?". Oh ja, seine Spongebob-Aussagen gehen mir gewaltig auf den Geist. Dazu dieses Häppchen – der Leser entscheidet, bedeutet ja wohl nichts anderes, wie „Ihr Buch taugt einfach nichts!", deswegen habe ich ihm dann prompt geantwortet.

»Guten Tag Herr Verlagsmann und Autorentraumkiller, ich freue mich, dass Sie sich die Zeit am Wochenende nehmen, um mir zu antworten. (Sie bekommen es wohl langsam mit der Angst zu tun, dass Sie Ihre wertvolle Zeit sogar am Wochenende mit mir unbedeutender Autorin verschwenden). Inzwischen ist mir durchaus bewusst, dass mein Buch nicht zu den Bestsellern gehört, dies haben Sie mir ja bereits mehrfach ausdrücklich bestätigt. (Ihre Aussage ist arg krass und lässt meine Zweifel zur Gewissheit werden.) Ihre finanziellen Bedenken bezüglich der Buchmesse kann ich gut nachvollziehen, vor allem wenn man bedenkt, dass Bücher wie meins nicht wirklich eine Chance haben.«

Zwischendurch ein wenig bla, bla von mir und abschließend:

»Gut, inzwischen habe ich verstanden, dass Sie nicht wirklich Interesse an der Vermarktung meines Buches haben, Sie es inzwischen wahrscheinlich abgeschrieben haben. Ich habe dies verstanden. Trotzdem ein schönes Wochenende und ich wünsche Ihnen und den Autoren, die es wirklich verdient haben, eine Marketing-Strategie, die erfolgreich ist. Wahrscheinlich haben Sie recht. Ich sollte dieses

Pseudonym-Autorin-Gespinne einfach abhaken und mich meinem richtigen Job widmen. Danke für Ihre versteckt offene Art mir zu sagen, dass ich als Autorin keine Chance habe. Mit (alles anderem wie) freundlichen Grüßen Steffi Wieczorek«

Wütend versuche ich, alles aus den mir zur Verfügung stehenden Buchstaben herauszuholen. Dieser Mann bringt mich um den Verstand und meine Selbstzweifel fahren Achterbahn. Ich kenne solche Typen, eigentlich überkommt mich bei solchen Menschen jede Menge Mitleid, denn wer so mit seinen Mitmenschen beziehungsweise Geschäftspartner umgeht, kann nur einsam und verzweifelt sein. Wer Machtspielchen betreibt, um sich groß zu fühlen, wird nie groß werden. Falls ihr versteht was ich meine. Überheblichkeit führt regelmäßig zum Fall und er wird fallen, einsam dazu.

Gut, jetzt muss ich nochmals zurückschwenken, zu diesem Moment, als mein Buch endlich bei mir und bei meinen ersten Lesern war. Tja, leider habe ich betriebsblind mein langersehntes „Okay" zur Druckfreigabe gegeben und mein Schätzchen ist noch gespickt mit Fehlerchen, die ich mir im Job niemals erlauben würde. Ich fühlte mich als Versager auf ganzer Strecke. Aber laut Vertrag konnte ich dies ja noch ändern. Also zack, zack im November gleich mal Fehlerchen gemeldet und nochmal nach meinem Werbematerial gefragt, denn Werbung ist so verdammt wichtig. Das vertraglich festgelegte Werbematerial, bestehend aus Flyern, Lesezeichen und Plakaten für eventuelle Lesungen, ist noch nicht bei mir angekommen und zu gern hätte ich die Flyer überall verteilt.

Trotz aller Selbstzweifel lief der Verkauf recht gut an, ich signierte sogar Bücher – WAHNSINN. Aber mein Werbematerial kam nicht. Eine Mail jagte die nächste. Die einzige Antwort war „Schweigen im Wald" (was habe ich nur immer mit dem Wald?). Nichts, keine Mail, gar nichts. »Ich muss eine Autorenvollkatastrophe sein. Warum antwortet er mir nicht. Ja, sicher gibt es bessere Bücher wie meins, aber wenigstens die Flyer. Lesungen trau ich mich eh nicht zu halten. Bitte, bitte schick mir doch mein Zeug oder antworte mir wenigstens.«

Ich war am Boden zerstört. Obwohl ich die ersten Bücher verkauft habe, hat er mich bereits aufgegeben. Welchen Grund sollte er sonst haben? Schweigen ist so verletzend.

»Man, sei doch wenigstens ehrlich. Sag´s mir, sag mir, dass ich keine gute Autorin bin, ich glaub es sofort und belästige dich nicht mehr. Nur schweig mich bitte nicht an. Das tut so weh.« Aber es gab diese wunderbaren Glücksmomente, Rezensionen für mein Buch. Mal persönlich, mal von wildfremden Lesern. Fassungslos musste ich und muss ich noch immer feststellen – mein Buch ist gut, richtig gut, denn bemängelt wurden zwar die Fehler, aber das Buch kam und kommt gut an.

»Jähhhh, Juhu, ICH KANN ES, ich kann tatsächlich schreiben und anderen gefällt es!«

Mein Selbstbewusstsein kletterte langsam ein paar Treppenstufen nach oben, allerdings mit Vorsicht, neben Höhenangst befürchtete und befürchte ich diesen tiefen Fall. Nebenher hatte ich bereits ein weiteres Manuskript fertig und tippte schon ein neues Buch. Aber meine Erstveröffentlichung hielt mich auf Trab. Bei Amazon und Co. schnüffelte ich nach Verkaufsrängen und Rezensionen, meine Flyer, Lesezeichen und Plakate waren auch im neuen Jahr noch nicht da. Fleißig tippte ich Emails, drohte nochmals mit meinem Anwalt, der nur in meinen Gedanken existiert, aber es klingt immer recht gut und bekam tatsächlich nach langer, langer Zeit eine Antwort.

»Liebe Frau Wieczorek, die Grippewelle hat unsere ganze Firma, vielleicht sogar die ganze Welt lahm gelegt, aber in den nächsten Tagen….«

Bla, bla, bla – was für ein Märchenonkel.

»…sende ich Ihnen die Vorlagen, dann können Sie (zum tausendsten Mal) Ihre Druckfreigabe erteilen…«

Grrrr, tsss…

»…und Ihr Werbematerial wird umgehend gedruckt (du Depp, das glaubt dir keiner mehr) und Ihnen zugesandt…«

Langsam konnte ich seinen Scheiß nicht mehr hören. Meine Mittelfinger tanzten wild nach oben gestreckt vor sich hin und die guten Rezensionen und Rückmeldungen waren urplötzlich wieder vergessen. Ich glaube, auf diese Mail habe ich dann gar nicht geantwortet und erstmal brav die „Grippewelle" abgewartet. Die Verramschungsklausel (vertraglich festgehalten) kam mir in den Sinn. Meine Bücher irgendwo für 99 Cent in einem Discounter an der Kasse. Tja – das wars dann wohl mit meiner Karriere als Autorin. Heul, schluchz… Keine Flyer, keine Chance, keine Verkäufe… Mein Verlag hat mich aufgegeben. Die angepriesene Werbung blieb ebenfalls aus. Diese lächerliche Vorstellung, mein Buch in der hiesigen Presse oder in regionaler Werbung zu sehen, habe ich aufgegeben. Ich bin kein Marketingexperte, dafür hatte ich mir genau diesen Verlag ausgesucht, weil er doch so viel Wert auf Marketing legt, aber im Nachhinein nur Marketing, um weitere Autoren um den Finger zu wickeln, zu schröpfen und sie dann fallenzulassen. Darin ist er wirklich gut.

»Hut ab! Sie können wirklich sehr stolz auf sich sein!

Neue Hoffnung

Irgendwann im Februar startete ich ein neues Projekt. Wenn mein Verlag schon nicht wirbt, werde ich ein klein wenig die Werbetrommel rühren. Instagram war mein neuer Plan. Etwas hilflos begann ich, mir dort ein Profil (natürlich mit Hilfe meiner Jungs) zu erstellen. Hashtags war bis dahin ein Fremdwort für mich. Aber Alter schützt vor Torheit – äh, neuen Wegen nicht. Außerdem bin ich neben meiner wahnsinnigen „Schreibgewalt" auch ein Foto-Freak. Ich knipse pausenlos und da ist Instagram doch ein super Ort für mich. Tatsächlich funktioniert es. Nicht nur meine Bilder kamen und kommen gut an, auch mein Buch wird gekauft. Ein bisschen Werbung und schon läufts. Ach, wie schade, dass mein Verlag nicht an mich glaubt. Doch meine neuen Leser geben mir Kraft. Mein zweites Manuskript ist inzwischen bei vielen Verlagen vorliegend, leider sind die Rückmeldungen genauso umfangreich, wie die von meinem Verlag – nämlich gleich null. Aber ich schreibe weiter. Ich bin nun mal ein Schreiberling. Achso – tatsächlich kam von meinem Verlagsinhaber dann eine Datei für Flyer etc. und ich konnte dann mal so nebenbei eine Druckfreigabe geben. Ich sage nur, es war bitterkalt draußen, ca. drei Monate nach Veröffentlichung. Wow, wie fix das dann doch noch ging. (Übrigens schlage ich mir gerade die Hand vor den Kopf, wenn ich daran denke.) Dann kam der Monat April. Wieder so ein spezieller Monat, denn es war der Monat der Abrechnung und das im wahrsten Sinne des Wortes.»Wie viele Bücher habe ich wohl verkauft? Bekomm ich einen Teil meiner Investition zurück? Oder wird es das erste und letzte Buch sein, das ich auf den Markt gebracht habe?« Tausend solcher Fragen schwirrten mir im Kopf umher, denn ich hatte absolut keinen Überblick über meine Verkäufe. Der Monat verging und ich bekam natürlich! keine Abrechnung. Brav mailte ich meinem Verlag, vorsichtig natürlich, nett und mit versteckter Wut, gleichzeitig wagte ich es, gleich nochmals nach meinem Werbematerial zu fragen, das ja nach wie vor nicht bei mir angekommen war. Also ich mailte und ich mailte und ich mailte... Irgendwann, nach der gefühlt tausendsten Mail bekam ich dann doch eine Antwort.

»Ach liebe, kleine Frau Niemand-Wieczorek, was erwarten Sie eigentlich, Ihr Buch ist nun wirklich nicht der Renner, Geduld, die paar Cent lohnen doch einer Abrechnung nicht…«

Gut, so lese ich inzwischen seine Mails, sein Wortlaut war vielleicht etwas anders…hihi.

»Stichtag der Abrechnung ist natürlich Ende April, dann müssen Sie noch ca. sechs Wochen warten, schließlich brauchen wir die Rückmeldung aus dem Handel, falls da überhaupt etwas verkauft wurde, also Klappe halten, wir werden schon rechtzeitig Ihre Abrechnung schicken, denn wir machen ja alles richtig, nur Ihr elendiges Generve geht mir inzwischen wahnsinnig auf den Sack!«

Okay, da war ich wohl wieder zu voreilig mit meinem Gemaile, zu den Flyern hat er gleich gar nichts gesagt. Egal – ich bin dann mal wieder ein Versagen. Die Ramschkiste wartet schon auf mein Buch. Heul…

Mein Buch, das ich so voller Stolz an der Wand für jedermann gut sichtbar hängen habe, ist es nicht wert, vernünftig vermarktet zu werden.

»Dumme, kleine Steffi, was hast du dir nur dabei gedacht, wieder mit dem Schreiben zu beginnen und mit diesem Schmarrn tatsächlich an die Öffentlichkeit zu gehen!?«

Mein eigenes Spiegelbild lacht mich schon aus und ich drehe mich beschämt weg. Familie und Freunde fragen nach den Verkaufszahlen. Den Neidern sehe ich das gehässige Grinsen an, diese Freude, dass ich versagt habe und so wahnsinnig viel Geld für Müll investiert habe. Irgendwie wird's jeden Tag schlimmer. Diese Momente, in denen ich mich einfach in irgendeine Ecke verkriechen will und hoffe, dass mich bitteschön NIEMAND auf mein Thrillerbüchlein anspricht. Nach außen wirke ich selbstbewusst, doch innerlich nagt und zerfrisst es mich.

Der Zusammenhalt

Instagram läuft ganz gut. Diese Hashtag-Sache beherrsche ich inzwischen auch. Sogar ein paar Bücher konnte ich unter die Menschheit bringen – was so ein klein wenig Werbung doch ausmacht (auch wenn ich alles andere als ein Werbeprofi bin). »Na Herr Verlagsinhaber, wie siehts aus? Wo ist Ihre Werbung für mich? Presse, Rundfunk, etc. Versprochen ist versprochen. Oder etwa nicht!« Mal wieder wütend denke ich über diesen ganzen Schmarrn nach. Aber noch bevor ich mich wieder wie eine absolute Schreiberling-Versagerin fühle, passiert doch tatsächlich ein kleines Wunder. Plötzlich bekomme ich eine Nachricht, in der ich vorsichtig gefragt werde, welche Erfahrungen ich mit meinem Verlag gemacht habe. Ein wenig verstört war ich da schon und was diese Instagram-Nachrichten betrifft, bin ich arg vorsichtig. Was da für ein Unfug hin und her geschickt wird. Aber das klang nicht nach Unsinn. Und plötzlich war der Moment gekommen, an dem ich mich nicht mehr allein fühlte. Plötzlich hatte ich das erste Mal das Gefühl, dass es nicht an mir liegt und dass mein Buch nicht so schlecht ist, wie ich zwischendrin immer wieder vermutete. Plötzlich waren wir viele, Männlein, Weiblein, von Biographie über Kinderbücher bis hin zu meinem Thriller. Eins verband uns, der Verlag. Und alle haben wir diese Erfahrungen gemacht...

Plötzlich war da dieses „liegt es tatsächlich nicht an mir?". War es einfach doch dieses „hab ich mich etwa bei der Verlagssuche tatsächlich nur (wie so üblich) an der falschen (Verlags-)Supermarktkasse angestellt? Fragen über Fragen, aber Hoffnung. Und dieses Gefühl, nicht allein zu sein. Die einzelnen Autorenschicksale so unterschiedlich und doch sehr ähnlich. Wildfremde Menschen, alle mit der Leidenschaft des Schreibens. Hereingefallen auf die Versprechungen dieses Mannes mit den zwei hübschen Hunden. Monatelange Verzögerungen, Emails, die nicht beantwortet werden und „Wischi-Waschi-Bla-Bla"-Aussagen. Wie sag ich immer so schön.

»Ach Sie, Herr lieber Verlagsinhaber, seien Sie doch nicht so „politisch korrekt", Politik – viel reden, nichts sagen.«

So ists für mich. Aber unser Verlagsinhaber ist ein sehr schlauer Mensch. Vielleicht hat er sogar Psychologie studiert, ich weiß es nicht. Im Laufe dieses Austausches zwischen uns Autoren habe ich festgestellt, dass er je nach Charakter des Einzelnen antwortet. Es ist verrückt. Mal droht er, mal wirft er uns Beeinflussung vor, ein anderes Mal ist er auf Schmusekurs und wirft dem Einzelnen ein Leckerli hin. Gut, ich habe beschlossen, sein perfides Spiel mitzuspielen. Ich kann es auch, ich durchschaue Menschen.

»Liebe Frau Wieczorek – lassen Sie uns doch normal miteinander kommunizieren...«

Okay, okay, du lieber Verlagsinhaber und Hundefreund. Wir tun es. Mit Scharm (und Schmarrn) und ein wenig Gesülze, gemixt mit ein paar versteckten Spitzfindigkeiten. Oh ja, sehr gern.

Inzwischen findet ein reger Austausch zwischen uns Autoren statt. Leider gibt es auch „Spione". Schade eigentlich, doch unser Verlagsinhaber, das schlaue Kerlchen, ist uns auf die Schliche gekommen und nutzt das schwächste Glied, um uns auseinander zu drängen.

»Putt, putt, putt, mein kleines Autorenküken. Hier ein paar Körnchen, dein Buch wird jetzt erscheinen, zumindest ein paar Bücher irgendwo im Nirgendwo.«

Er hat sie geködert und bekommen. Und was soll ich sagen, da brach doch ein winziger Zickenkrieg aus. Man, wie ich das hasse… Sie verließ uns und als wenn dies noch nicht genug wäre, köderte sie noch einen Herrn der Schöpfung – doppelt schade. Denn schließlich ging und geht es um unsere Existenz, unseren Namen, unsere Bücher. Ich war wirklich enttäuscht und stocksauer. Nichtsdestotrotz beschlossen wir, einen neuen Chat zu gründen. Und ich bin so froh. Auch wenn die folgenden Tage und Wochen sehr nervenaufreibend waren und an die Substanz gingen und gehen. Hiobsbotschaften, gefolgt von ein paar erfreulichen Dingen. Immer wieder dieses Putt, Putt, Putt – er ködert und wirft dem einen ein Körnchen hin, um den anderen in die Knie zu zwingen, was für ein abartiger Kerl! Unterlassung, Anwalt,…)

Oh mein Gott, fast hätte ich es vergessen. Meine Abrechnung kam irgendwann und nach ein wenig hin und her sogar mein Geld. Ich böses Autoren-Mädchen habe doch tatsächlich nach einer gähnenden E-Mail-Leere nachgefragt, ob der Verlag in finanziellen Schwierigkeiten steckt, weil er mir mein Honorar nicht zahlen konnte. Und ihr werdet es nicht glauben, schon ein paar

Stunden später bekam ich eine Antwort. Tja, wenn der gute Ruf auf dem Spiel steht, dann geht doch was. Mein Honorar – oje, oje,… Ich will es mal so sagen, ich werde nicht wirklich reich, denn mein Honorar betrug gerade mal 5 % von meiner Investition. Wobei diese Abrechnung sehr undurchschaubar und nicht wirklich stimmig erscheint. Aber meine 5 % überwies er dann brav Anfang August (Stichtag Abrechnung Ende April). Wow, das ging doch mal richtig fix….grrr. Der wilde Autorenaufstand nahm und nimmt seinen Lauf. Der so nette, sympathische Verleger wird mehr und mehr zum Teufel in Person. Funkensprühend und bitterböse werden seine Mails, wenn sie denn dann mal kommen. Er will uns in die Knie zwingen. Doch da hat er nicht mit mir als sturköpfigen Steinbock gerechnet. Jede seiner kleinen und großen Gehässigkeiten und Lügen animieren mich mehr und mehr zum Kampf. Es geht um MICH, um mein Sein als Autorin und das meiner Mitstreiterinnen. Den größten Fauxpas leistet sich unser Verleger allerdings damit, uns den Namen der Druckerei nicht zu nennen.

»Hä, was willst du mit dem Namen? Du dumme, kleine Tipperin hast doch Null-Ahnung davon!«

Eigentlich hat er mir gesagt, dass meine Fachkompetenz bei weitem nicht ausreicht, um mich mit dem Druckereiwesen auseinanderzusetzen. Eine Druckerei im großen Europa ist es wohl, die unsere Schätze drucken darf. So ein Idiot. Ich bin mir sicher, dass er unsere Bücher irgendwo billig drucken lässt, um noch mehr Geld zu horten. Dabei ist es unser Recht zu erfahren, wo unsere Bücher gedruckt werden. Tsss...mangelnde Fachkompetenz, was denkt sich dieser charmant wirkende Lügner nur. Ein schlaues Kerlchen ist er ja. Aber dumm oder auf den Kopf gefallen bin ich nun wirklich nicht. Nur meine verdammten Selbstzweifel lassen mich manchmal recht dumm dastehen. Aber diese begleiten mich bereits mein Leben lang. Ich bezeichne es liebevoll als meinen kleinen Gendefekt – irgendwie macht es diese Selbstzweifel sympathischer für mich. Ich schweife ab. Zurück zum wichtigen Teil der Geschichte.

Ich bin so wahnsinnig froh, dass wir uns gefunden haben und unsere Erfahrungen, die meist mehr als nur unangenehm sind, austauschen können. Autoren, die voller Stolz und Hingabe ein Buch geschrieben/illustriert haben und bitterböse enttäuscht wurden und werden. Verrückt das Ganze. Ein Thriller, den ich nicht besser hätte schreiben können. Bei dem einen oder anderen geht es hart an die Substanz. Auch ich habe es gemerkt. Sich mit dem ganzen Mist auseinandersetzen zu müssen, ist heftig. Manchmal wollte ich einfach aufgeben, auch mir fehlte die Kraft und schließlich versucht ja unser Verleger die Wogen zu glätten (seine Brotkrumentaktik). Doch ich kämpfe weiter, denn ich weiß, er hat Dreck am Stecken!

Die erste Auflage meines Buches (wohl eine Teilauflage – irgendwie? So richtig weiß das keiner von uns) müsste laut Abrechnung und Recherchen bereits verkauft sein. Die zweite (Teil)Auflage soll nun mal gedruckt werden (hmm… meine mangelnde Fachkompetenz…bla, bla, bla). Wirre Worte gehen hin und her (falls dann doch mal eine Mail vom Verlag zurückkommt). Und ich habe doch da noch dieses riesige Problem mit meinen Fehlern im Buch. Ich, die Meisterin der Deutschen Schrift, die in Vollzeit versucht, perfekt zu tippen (für andere, die mir mehr oder weniger intelligent und stimmgewaltig alles Mögliche ins Ohr flüstern, schreien, nuscheln, kauend präsentieren), hat viele kleine Fehlerchen im eigenen Buch! Zum Glück habe ich auf Instagram gelesen, dass es nicht nur mir so geht. „Betriebsblindheit" ist ein so wunderschönes Wort und es stimmt sogar. Da ich übereilt mein Manuskript nach dem Lektorat freigegeben habe, soll nun die zweite Auflage fehlerfrei erscheinen. Detailliert habe ich mit Hilfe einiger Leser eine Liste der Fehler erstellt und nenne sie liebevoll „Fehlerteufelliste". Komisch ist, was im November noch einfach so geändert werden konnte (ich habe nach Veröffentlichung gleich den ersten Fehlerteufel per Mail an meinen Verlag geschickt), muss jetzt doch gaaaaanz umständlich und wohl zeitintensiv bearbeitet werden.

»Hallo Frau Wieczorek… na da sind Sie aber doch selbst schuld, SIE haben doch die Druckfreigabe erteilt. Was wollen Sie jetzt von mir! Ihr eher unterdurchschnittliches Buch, das, naja nennen wir es mal „Es ist jedoch festzustellen, dass einige Bücher eine etwas längere Anlaufzeit beim Publikum haben, bis sie eine breite Leserschaft finden.", einfach nur Shit ist. Ja und dies ist eine standardisierte Aussage, die ich sehr gern bei dem einen oder anderen aufmüpfigen Autor verwende, weil ich keine andere Ausrede finde, denn Werbung ist doch eh für den Ars… Wann kapieren Sie das endlich!!!«

So ist er, mein sympathischer, hundeliebender Verleger. Ja, so sind seine liebevollen Mails in Wahrheit gemeint, falls denn dann mal welche kommen. Ich bin ja auch selbst schuld, ein unterirdisches Buch geschrieben, Druckfreigabe erteilt, weil ich mich zu sehr auf die Lektorin verlassen habe und jetzt will ich auch noch die Fehler behoben haben – ich bin echt so unmöglich. Okay, Fehlerteufelliste hingemailt und mal wieder – gähn – warten. Warten auf Antwort. Denn mir wurde mitgeteilt, dass ich doch die komplett überarbeitete PDF-Datei nochmals zur Druckfreigabe zurückbekomme (warum war dies im November nicht notwendig?), um dann mein Okay zu geben, damit die Druckerei irgendwo in Europa (strengste Geheimhaltung wegen MEINER mangelnden Fachkompetenz…grrr) endlich die zweite Auflage drucken kann.

»Hallo Frau Wieczorek, brav haben Sie die Druckfreigabe erteilt, sobald die Druckerei einen Termin nennt, werden Sie informiert.«

Ja, ja, wer's glaubt wird selig. So traurig das Ganze auch ist, tut es wahnsinnig gut, sich mit den Betroffenen auszutauschen. Und jede seiner abartigen, verlogenen Mails wird intensiv ausdiskutiert. An ein gutes Ende glaubt schon längst keiner mehr von uns.

Die Urlaubszeit

Zurück zu August 2019. Kurzentschlossen sind wir in den Urlaub gedüst. Jetzt sitze ich hier am Strand von Bibione und mache mir Notizen für dieses besondere Zwischenbüchlein. Und obwohl ich an meinem dritten blutrünstigen Thriller arbeiten wollte, verzichte ich gern darauf, denn dieses Projekt liegt mir sehr am Herzen. Ich sitze zwischen hunderten Sonnenhungrigen und beobachte, werde beobachtet. Dabei ist mir persönlich vollkommen egal, wie jemand aussieht, ich bin auf der Suche nach neuen Charakteren, Namen, Ideen, denn meine geschriebene „Mordlust" soll bald weitergehen. Übrigens hasse ich Gewalt! Aber als der Strandliegennachbar sein riesiges Messer herausholt, um damit die frisch gekaufte Melone zu zerstückeln, bin ich kurzzeitig wieder in meinem Element. Ich sehe schon das nächste Opfer vor mir, das brutal niedergemetzelt wird. Ich böse, böse Autorin. So viel Fantasie. Ein paar Notizen müssen sein, dieses Melonengemetzel ist zu spannend, die Bilder in meinem Kopf sind zu intensiv, um schnell in Vergessenheit zu geraten.

Doch mein Hauptschreibinteresse gilt weiterhin dieser Kurzgeschichte.

Verrückt ist, dass bei unseren täglichen Recherchen mehrere kuriose Dinge auffallen, aufgefallen sind, auffallen werden. Da ist zum einen die Tatsache, dass der Verlag urplötzlich für Bücher wirbt (Facebook und Instagram), die bereits vor Jahren (2011 bis 2018) erschienen und noch nicht mal mehr bei Amazon erhältlich sind. Auch in meinem Buch ist Werbung für zwei Bücher enthalten, die mehrere Jahre alt sind. Auf meine Nachfrage hieß es nur

»Datenschutz, geht Sie nichts an!«

Tja, mal wieder Unfug. Langsam wird's mehr als lächerlich. Seine wahnsinnige Werbung, ein Hassthema für mich, vor allem, wenn man seine Follower und Likes betrachtet. Ein Witz oder doch Horror, denn es scheint so, als wenn er und dazu der jeweilige Autor die einzigen sind, die tatsächlich liken. Verrückt.

»Man, wie blöd war ich denn, warum habe ich nie wirklich hingesehen! Ohrfeigen könnte ich mich. Jetzt sofort, auf der Stelle!!!«

Zum anderen ist da noch seine offizielle Verlagsseite, die mit dem schönen Schein, ohne jegliches Sein. Ein wunderschöner Sonntagabend. Meine Recherchen treibe ich immer wieder auf die Verlagsseite. Nur so, um zu sehen, ob denn da mein Schätzchen noch vorhanden ist. Urplötzlich stockt mir der Atem.

»WAS IST DAS!?«

Mein Puls schlägt höher. Eiskalte Schauer laufen mir mit Höchstgeschwindigkeit den Rücken auf und ab.

»Was soll das!? Er wird doch nicht mein Buch…, nein, das kann er nicht tun!« Obwohl mein Schätzchen im Verlag erhältlich ist, kann ich es beim besten Willen nicht mehr aufrufen. Ständig diese Fehlermeldung. Erschrocken versuche ich es erneut. Doch das Ergebnis bleibt gleich. Selbstzweifel und die Ramschkiste im Kopf, bin ich mir sicher, er hat mein Buch komplett aufgegeben. Doch alles ist anders. An diesem Sonntagabend hat der Provider die Seite des Verlags gesperrt. Obwohl man die Verlagsseite normal besuchen kann, Leseproben der Bücher einsehbar sind, ist ein Kauf unmöglich, nur dieser Hinweis darauf, dass diese Seite durch den Provider gesperrt ist. Gleich habe ich doch mal nachgefragt. Ich bekam folgende Antwort:

» …«.

Nämlich keine! Eine meiner Mitstreiterinnen wird tatsächlich daraufhin erklärt, dass es sich um eine umfassende Neugestaltung der Seite handelt. Hmm...wer´s glaubt. Und wo bitteschön ist der Hinweis für potentielle Käufer?

Die Verlagssache geht mir nicht aus dem Kopf, natürlich ist bisher auch noch keine Mail gekommen, die mich auf den Termin des Drucks (also immer noch durch diese geheimnisvolle Druckerei irgendwo in Europa) meiner endlich korrigierten Zweitauflage hinweist. Mal wieder schreibe ich eine Mail, natürlich wohl wissend, dass eine eventuelle Antwort alles andere wie befriedigend sein wird.

»Hallo Herr Verleger, was haben Sie denn angestellt, dass Ihr Provider Sie gar nicht mehr lieb hat? Hat er „Dudu" mit Ihnen gemacht, sodass Sie sich erstmal in die Ecke stellen und sich schämen müssen? Oder haben Sie Ihrem Provider auch solche Märchen wie uns erzählt?«

Gut, das habe ich nicht geschrieben. Wobei ich es zu gern getan hätte. Nach eineinhalb Wochen war dieses Problem, ohne jegliche Neugestaltung jedoch irgendwie gelöst. Da kam mein Moment, schließlich habe ich ihm ja über eine Woche keine Mail geschrieben.

»Hallo Herr Verleger, ich habe gesehen, dass Sie erfreulicherweise Ihre Probleme mit dem Provider gelöst haben. Super. Gleichzeitig habe ich gesehen, dass reichlich Bücher im Umlauf sind, also nehme ich an, da die erste Auflage ja 100 Bücher umfasste, dass inzwischen die zweite Auflage erhältlich ist - oder irre ich mich? Falls ich mich irre und Widererwarten die erste Auflage mehr als hundert Stück (Ihre Aussage) umfasste, möchte ich Sie nochmals bitten, mir genaue Auflagenzahlen etc. zu nennen. Auch wenn Sie mir nach wie vor die europäische Druckerei (ich nehme an Polen/Tschechei) nicht nennen wollen, bitte ich Sie, mir einen ungefähren Termin für die korrigierte, zweite Auflage zu nennen. Mir wäre es wichtig, meinen Lesern mitzuteilen, wann ein korrigiertes Buch erhältlich ist. Vielen Dank und einen schönen Tag.«

Das war tatsächlich mal eine Originalmail von mir.

Und weil dieser Originalschriftverkehr so lustig ist (obwohl es eigentlich mehr als traurig ist), hier doch gleich mal eine Originalantwort:

»Sehr geehrte Frau Wieczorek, die zweite Teilauflage über 150 Exemplare Ihres Buches erwarten wir in ca. 10 bis 14 Tagen aus der Druckerei. Mit besten Grüßen.«

So, und wie immer wurde natürlich nur darauf geantwortet, worauf er eine Antwort hat. Dieses Auflagending ist irgendwie irre. Da war sie wieder, seine „politisch korrekte", also nichtssagende Antwort. Gut in zehn bis vierzehn Tagen. Na, wer's glaubt wird selig. Hahaha. Natürlich habe ich gleich noch einmal eine Mail durch die unendlichen Weiten des WWW geschickt. Mal ein wenig auf „Dummenfang" geschrieben. So wünscht das ja unser wunderbarer Verleger:

»Sehr geehrter Herr Verleger, diese sind dann doch in korrigierter Fassung. Werde es die nächsten Tage gleich mal Publik machen...Juhu.«

Und weil es so schön ist, gleich noch eine Mail hinterher:

»Ups..... Hab noch etwas vergessen. Bitte senden Sie mir ein neues, korrigiertes Exemplar samt Rechnung (30 % Rabatt waren es doch, oder irre ich mich?) zu. Ich denke mal „zweite Auflage" steht sowieso drin, oder etwa nicht?«

Das war der Originalschriftverkehr. Leider blieben natürlich meine letzten zwei Mails unbeantwortet. Doch dann plötzlich, ich war fast schon fassungslos, gut, ich hatte nochmals eindringlich per Mail darum gebeten, mir zu antworten.

»Sehr geehrte Frau Wieczorek, die Benennung bleibt bei „Erste Auflage", da es sich um eine Teilauflage handelt, auch wenn Fehler korrigiert wurden. Auch wird nicht in das Impressum geschrieben, dass Fehler im Buch korrigiert wurden.«

Hmm, achso, tja, was soll ich dazu sagen. Erste Auflage, erste Teilauflage, zweite Teilauflage – es ist alles irgendwie kurios und natürlich für mich als Autor alles andere als verständlich. Aber den verrücktesten Schriftverkehr gab es während seiner langen Schweigezeit. Ich habe in eindringlich gebeten, mir zu antworten, mutierte zur Nervensäge und Mailtipperin. Aber es kam nichts. Meine letzte Möglichkeit war, ihm ganz offiziell über eine Verlagsrezension zu schreiben, denn dort, warum auch immer, reagiert er innerhalb kürzester Zeit. Ich war so sauer, hilflos und verzweifelt. Ein Stern von fünf ziert seither seine Verlagsrezension. Mein Originaltext ist laaaang und voller Ehrlichkeit:

„Letztes Jahr bin ich eine Geschäftsbeziehung mit dem (…)Verlag eingegangen. Dass es ein

DKZV ist, war mir bewusst, dass ich sicher kein aufgehender Stern am Autorenhimmel werde, auch. Dass ich sicherlich nicht die Kosten einspielen kann, war mir klar. Doch dass ein Dienstleister verschleiert arbeitet, konnte ich beim besten Willen nicht ahnen. Es geht momentan um meine Zweitauflage. Zuvor sollten Fehler im Buch bearbeitet werden, ich die Datei zum „Absegnen" bekommen. Leider großes Schweigen im Wald. Nachdem ich nach knapp zehn Monaten nach Erstveröffentlichung nach mehrmaligem Hin und Her jetzt im Besitz der Flyer etc. bin, das Hickhack mit der ersten Abrechnung überstanden habe, geht dieser Zirkus jetzt weiter. Wenn Mails kommen, dann nur schleierhaft beziehungsweise verallgemeinert. Ich bitte Sie, Herr Verlagsinhaber, mir doch bitte detailliert auf meine Mails zu antworten, mir meine korrigierte Datei zuzusenden und mir bitte die Druckerei zu nennen (Europa ist mir etwas zu ungenau!). Gleichzeitig bitte ich Sie, mir zu erklären, warum Sie in meinem Buch für Bücher werben, die 2012 beziehungsweise 2014 erschienen und nicht mehr erhältlich sind. Ich habe Ihnen täglich geschrieben, um genaue Daten gebeten. Leider kam von Ihnen nichts. Es ist schade, dass Sie damit werben, besonderen Wert auf die Zusammenarbeit mit den Autoren zu legen. Hier nochmals meine Bitte: Wann bekomme ich die Datei zur Druckfreigabe? Warum werben Sie für Bücher, die vor Jahren in Druck gegangen sind? Wann geht die Zweitauflage in Druck? Wo ist die Druckerei (ich möchte mich mit dieser in Verbindung setzen, um zu vermeiden, dass die zweite Auflage fehlerhaft in Druck geht beziehungsweise wieder terminliche Probleme auftreten)? Bitte teilen Sie mir dies per Mail umgehend mit. Ich wünsche allen Autoren, dass sie Glück haben und nicht so verzweifelt einem Dienstleister hinterherbetteln müssen. Sorry, ich kann Sie als Verlag leider nicht weiterempfehlen.«

Und prompt erhielt ich diese Antwort:

»Sehr geehrte Frau Wieczorek, besten Dank für Ihre Kritik auf die ich Ihnen gerne antworten möchte. Keinesfalls ist meine Beantwortung Ihrer Fragen lücken- und schleierhaft. Sicher werden Sie Verständnis dafür haben, dass wir Ihnen aus Gründen des Datenschutzes keine Details zu Veröffentlichungen anderer Autoren nennen. Die für uns produzierenden Druckereien arbeiten für sehr viele Verlage, die pro Jahr mehrere Hundert Bücher verlegen. Aus diesem Grunde ist es nachvollziehbar, dass die Druckereien nicht wünschen, dass Autoren direkt dort anrufen, da keinerlei Fachkenntnis bezüglich der Buchproduktion besteht und dies den reibungslosen Ablauf der Drucklegung erheblich behindern würde.

Die von Ihnen angemahnten Korrekturen an Ihrem Buch sind AUTORENKORREKTUREN, also Änderungen am Manuskript, die Sie wünschen, obwohl Sie Ihr Manuskript zum Druck der ersten Auflage ja freigegeben hatten! Wie ich Ihnen mitgeteilt habe, werden wir diese von Ihnen gewünschten Änderungen am Manuskript erledigen und den Buchblock Ihnen noch einmal zur Kontrolle und Freigabe zusenden. Sobald uns von Ihnen dann die zweite Druckfreigabe vorliegt, erstellen wir die PDF-Druckdatei und geben diese weiter an die Druckerei. Erst dann bekommen wir von der Druckerei einen Drucktermin genannt – auch dies hatte ich Ihnen schon mehrfach mitgeteilt! Da Sie anscheinend die Mails nicht oder nur zum Teil gelesen haben, hier noch einmal die Zusammenfassung der Inhalte:

• Ihre Korrekturen werden bereits bearbeitet!

• Wie ich bereits mitteilte, erhalten Sie die PDF-Datei des Buchblocks noch einmal zur Kontrolle und Freigabe!

• Ihr Buch ist bei vlb (Verzeichnis lieferbarer Bücher) angemeldet und WELTWEIT bestellbar!

• Ihr Buch wird als E-Book vom weltgrößten E-Book-Händler, der Fa. Libreka, vertrieben!

• Ihr Buch ist im Buch-Shop des Verlages bestellbar und wird innerhalb 24 Std. versandkostenfrei an den Kunden ausgeliefert!

• Wir haben KEINE Bestellungen, die noch nicht ausgeliefert wurden!

• Die zweite Teilauflage ist bereits in der Druckerei bestellt!

• Wie schnell die Druckerei die Bücher liefert, erfahren wir erst, wenn dort die PDF-Druckdaten vorliegen!

Also, Frau Wieczorek, was machen wir falsch? Wir können die Leserschaft nicht zwingen, Ihr Buch zu lesen. Manche Titel brauchen etwas Zeit, bis für alle Beteiligte vernünftige Verkaufszahlen erreicht werden. Sollten Sie noch weitere Fragen zur Inverlagnahme haben, so melden Sie sich bitte bei mir. Für sachliche und nachvollziehbare Kritik habe ich immer ein Ohr – wir sind auch nur Menschen. Mit besten Grüßen«

Ich war mehr als schockiert. Mangelnde Fachkompetenz und widersprüchliche Aussagen, dazu wieder dieses „selbst schuld, dein Buch ist scheiße und dumm bist dazu!". Ich habe dieses Verlagsgesabbel mehr als satt. Doch ich bin gebunden an diesen scheinheiligen Verlag, dem es wichtig ist, seine Autoren klein zu halten, fertig zu machen und immer wieder mit diesem Spruch zu kommen „…manche Titel brauchen etwas länger…bla, bla, bla". Es werden jährlich tausende Bücher auf den Markt gebracht, allerdings haben die, die ganz ohne vernünftige Werbung auskommen müssen, absolut keine Chance. ICH WILL DOCH NUR SCHREIBEN und habe viel Geld dafür bezahlt, dass die Aufmerksamkeit auf mein kleines Schätzchen gerichtet wird. Ich bin kein Marketingspezialist. Immer wieder schafft es dieser sympathisch wirkende, nette Hundebesitzer, mich in die Knie zu zwingen, mir die Kraft zu nehmen und meine Fähigkeiten mit Füßen zu treten. Außerdem hat er ja einen anstrengenden Umzug hinter sich, dies habe ich auch nur durch Zufall durch andere Autorenkollegen erfahren. Ich bin ja der Meinung, wenn ein Verlag umzieht, sollte er doch wenigstens seine Autoren informieren, oder macht man dies etwa nicht?! Weiter geht's mit seiner Brotkrumentaktik. Mal hier ein Krümelchen, mal da eins und immer wieder fällt der eine oder andere darauf herein. Mich kann er weder mit einem Krümelchen noch nicht mal mit einem ganzen, frischen Bäckerbrot locken. Ich glaube ihm nichts mehr. Mit hinterhältiger Frauenintelligenz führe ich jetzt meinen Schriftverkehr mit ihm. Ich, die kleine, bettelnde Autorin, die kaum noch Fragen mehr in ihren Mails stellt, sondern nur noch Fakten auf den Tisch haut.

»Hallo Herr Verlagsverbrecher, ich nehme an, Ihre Nichtantwort bedeutet ein „Ja". Auf mein korrigiertes Buch, welches ich nächste Woche erwarte, bin ich gespannt! Vergessen Sie hinterhältiger Autorenbetrüger die 30 % Rabatt nicht! Und, ich werde in Ihrem Namen und mit Ihren Aussagen natürlich heftig bei Instagram und Co. werben! Sie können mich langsam mal! Ich habe es so satt, dass Sie mich und meine Arbeit schlecht machen.«

Gut, natürlich habe ich dies nur gedacht und obernett eine Mail verfasst, diverse Passagen aus diesem Text weggelassen und mich als ahnungsloses, ehrfürchtiges Autorenfrauchen dargestellt, denn genau das ist es, was dieser Mann will. Dann wirft er wieder mit seinen geliebten Brotkrumen umher, nebenbei bewirft er den nächsten Autor wieder mit Dreck und macht ihn nieder. So viele Schicksale habe ich inzwischen gehört. Fassungslos haben mich diese Geschichten gemacht. Unsere Chance ist, dass er uns alle unterschätzt und sich zu sicher auf seinem überhohen Ross fühlt. Aber wie heißt es so schön „wer hoch steigt, fällt tief". Ich bewundere alle Menschen, die durch Arbeit zu Erfolg kommen. Aber wer Erfolg auf Kosten anderer hat, der sollte vorsichtig sein. Irgendwann erntet man, was man gesät hat. Jeder bekommt, was er verdient – früher oder später.

Eins ist sicher, diese Kurzgeschichte ist jetzt bereits ein voller Erfolg. Meine Wut in Buchstaben zu fassen, tut so wahnsinnig gut. Nebenbei ist es so wunderbar, sich austauschen zu können. Dieses Wissen, dass man nicht allein ist, ist unbezahlbar. Geballte Frauenpower ist gefährlich, selbst für einen so selbstsicheren, selbstverliebten, egoistischen Autorenvernichter, wie dieser Verleger einer ist. Die Ruhe vor dem Autorinnensturm. Wer einmal mein Vertrauen missbraucht hat, bekommt es nicht wieder. Wer mich als mangelnd fachkompetent hinstellt, hat es nicht verdient, meine Bücher zu verlegen. Warum hat er mein Manuskript angenommen, wenn ihm von vornherein klar war, dass es eine Nullnummer wird? Natürlich aus Geldgier. Er baut sich ein Kartenhaus mit uns ahnungslosen Autoren auf, aber Vorsicht – das kann sehr schnell in sich zusammenfallen.

Unerwartet landet jetzt doch ein Buch in meinen Briefkasten, sogar korrigiert und die 30 % Autorenrabatt sind korrekt berechnet. Meine persönlichen Brotkrumen hat er mir also zugeworfen. Sogar zeitgerecht. Das Cover ist farblich etwas blasser (wahrscheinlich hat diese streng geheime Druckerei irgendwo in Europa vergessen, die Patrone zu wechseln), aber das akzeptiere ich ohne weitere Anmahnung. Ein wenig Ruhe sei diesem Herrn vergönnt und mir bleibt ein weiterer Herzkasper erspart.

In unserer Gruppe ist es ein wenig ruhiger geworden. Dieser David-gegen-Goliath-Kampf ist so nervenaufreibend, doch wir geben nicht auf. Unser Wunderverleger nutzt alle Möglichkeiten, um uns in die Knie zu zwingen, wirft uns Beeinflussung vor, schaltet Anwälte ein, versucht mit seiner Brotkrumentaktik alles, um uns ruhig zu halten.

Eineinhalb Jahre bin ich noch gefesselt an diesen Verlag, der mir die Kraft raubt, mein Sein als Autorin in Frage stellt und nichts unternimmt, um mein Können Publik zu machen. Es ist so schade. Ja, dieser sympathisch wirkende Hundeliebhaber hat uns mit seinem anfänglichen Auftreten um den Finger gewickelt. Freundlich, hilfreich und immer ansprechbar war er, hatte ein offenes Ohr für jede noch so einfältige Frage oder Idee. Er ist gut in dem, was er tut. Nur leider auf Kosten von uns Autoren. Inzwischen habe ich ja ein weiteres Manuskript fertig. Ich denke, es ist noch besser als mein erstes Buch. Doch ich stehe wieder vor diesem Problem - Abwarten bis sich ein richtiger Verlag meldet? Wieder einen DKZV nutzen (dafür fehlen mir allerdings die finanziellen Mittel)? Oder Selfpublisher werden? Ich möchte ein weiteres Buch stolz an meiner Wand hängen haben. Eins, dass mich nicht ab und zu drohend ansieht und mir entgegenschreit „selbst schuld!", denn ich weiß, dass ich schreiben kann. Und mit ein wenig professioneller Werbung würde der Autorenvernichter mit seiner zweiten, dritten, vierten Teilauflage oder Zweitauflage oder was auch immer nicht mehr hinterherkommen. Jetzt heißt es allerdings abwarten, ob er den nächsten Termin einhält. Okay, ich habe ja diese verfi... Fachkompetenz nicht, von der er alles abhängig macht.

»Ach Sie kleine, dumme Frau Wieczorek, wenn Sie Ahnung von diesem Geschäft hätten, wären Sie ja nun wirklich nicht so dumm gewesen, sich von einem einfältigen Foto einlullen zu lassen.« Wer weiß, vielleicht hat dieser Kerl recht. Ich bin Autorin, keine Geschäftsfrau, kein Marketingexperte oder Selbstdarsteller. Ich habe Fähigkeiten, von dem dieser Autorenkiller keine Ahnung hat. Stille Wasser sind tief und zu Unglaublichem fähig (ein Sprichwort muss ich jetzt mal etwas abändern) und mich hat er bisher unterschätzt. Gut, ich als Autorin bin ihm vollkommen egal. Ich bin überzeugt davon, dass dieser Verlag sich einen guten Namen machen könnte, wenn er hinter seinen Autoren stehen würde. Denn so viele gute Bücher, die es vielleicht sogar zu einem Bestseller schaffen könnten, hat er irgendwo im Nirgendwo drucken lassen, ohne jeglichen Versuch, diese durch Werbung wirklich zu vermarkten. Ihm sind seine Autoren egal. Er kassiert, der Autor verliert. Jetzt sitz ich hier, elf

Monate nach der Erstveröffentlichung, zwei Kartons voller Flyer und Lesezeichen liegen in meinem Schlafzimmer und dazu die Poster für die Lesungen meiner Erstveröffentlichung. Was soll ich jetzt damit? Elf Monate nach der Erstveröffentlichung hat es mein persönliches Werbematerial tatsächlich zu mir geschafft. Ist es nicht verrückt? Schon wieder könnte ich schreiend und heulend davonlaufen und an meinen Selbstzweifeln zerbrechen.

Mein Fazit

Dieser Verlag setzt auf Zermürbungstaktik. Der Inhaber denkt, er ist unantastbar und hält die Fäden von uns Autorenmarionetten in der Hand. Doch da irrt er sich, wenn er auch nichts tut, womit man ihm an die Verlagsgurgel gehen kann, betreibt er mit uns Mobbing auf einem ganz fiesen Niveau. Und Mobbing ist strafbar. Wir reißen ihm jetzt unsere Autorenstricke aus der Hand und benutzen ihn als Marionette. Denn irgendwann wird er sich dermaßen in Widersprüche verheddern, dass er endlich Rede und Antwort stehen muss. Ich habe recherchiert. Dieses Nichtssagende-Mail-Konzept, welches er betreibt, gibt es auch bei anderen DKZV-Verlagen – leider. Ködern und fallenlassen – so sind viele DKZV-Verlage. Dabei habe ich meinen Verlag einfach nur als Dienstleister gesehen. Ich zahle, er muss Leistung erbringen. Tsss, hätte ich vorher gewusst, dass ich mich auf eine Verlagskaffeefahrt einlasse, müsste ich jetzt nicht hier sitzen und meine Wut und Verzweiflung aus mir heraustippen. Sind nicht solche Kaffeefahrten inzwischen verboten worden? Dieses Verlagskonzept ist nichts anderes, warum gibt es dagegen noch kein Gesetzt? Warum gibt es für die

Autoren, die diesen Bus besteigen und diesen falschversprechenden Vertrag abgeschlossen haben, kein Rücktrittsrecht? Ich habe mich, oder besser mein Buch verkauft und verraten. Ich habe mir die rosarote Brille aufgesetzt und bin zu dieser Kaffeefahrt aufgebrochen. Natürlich habe ich eine teure Leistung gekauft, die leider wertlos ist. Jetzt bin ich gefangen in der DKZV-Falle und die Rechte an meinem kleinen Meisterwerk sind weg.

»Stoppt diese Verlagskaffeefahrten! Rettet die kleinen Autoren!«

Mich persönlich hat dieser glückliche Umstand, dass wir uns austauschen konnten und können, gerettet. Die Zweifel an meinem Können als Autorin sind viel weniger geworden. Das Schreiben macht mir wieder Spaß und nach diesem kleinen, aber so wichtigen Projekt werde ich mein nächstes Buch vollenden. Voller Stolz und selbstbewusst, denn Schreiben ist meine Leidenschaft, auch wenn sie manchmal Leiden schafft. Diese Macht der sechsundzwanzig Buchstaben und einiger Umlaute. Ich liebe es und kämpfe für meine nächsten Bücher.

Meine Erfahrungen sollen Warnung und Hoffnung zugleich für künftige Autoren sein.

DKZV muss nicht der falsche Weg sein, aber Obacht und genaustens die Verträge lesen und recherchieren. Dann wieder lesen und weiter recherchieren.

»Lasst euch nicht blenden von wunderschön aufgemotzten Seiten, die diese magische Anziehungskraft für Neuautoren, wie ich es bin, haben. Lasst euch Zeit mit der Unterschrift und fragt, fragt und fragt nochmals nach, wenn euch irgendetwas komisch vorkommt. Oberflächliche, nichtssagende Aussagen sollten immer ein Achtungszeichen sein.«

Ich springe ab von der Verlagskaffeefahrt, lasse mir keinen Vertrag mehr aufschwatzen, der fast meine Karriere zerstörte und mich in Selbstzweifeln fast ertränkte.

»Wissen Sie, Herr Autorenschreck, Sie können mich mal! Trotz Ihrer abartigen Sprüche, die wirklich alles andere als niveauvoll erscheinen, lasse ich mich nicht mehr von Ihnen in den Abgrund drängen, denn dort war ich lange genug. Sie nutzen die Macht der dummen Sprüche, um uns Autoren in die Knie zu springen. Sicher wächst das Gras nicht schneller, wenn man daran zieht, aber müssen Sie auch noch potentiellen Kunden sagen, dass (da Sie dieses

Provider-Problem hatten und nicht in der Lage waren, wenigstens mit einem kleinen Vermerk darauf aufmerksam zu machen, dass in Kürze Ihre Verkaufsseite wieder zugänglich ist) man ja sicher einen Bäcker nicht gleich erschießt, wenn der Backofen mal einen Tag ausfällt (wobei Ihre Seite für zirka zehn Tage ausgefallen war). Das ist für mich unterstes Niveau. Ich könnte immer so weiterschreiben, schließlich bin ich Autorin, auch wenn Sie dies sicher nur von oben herab belächeln und ein weiteres Sprüchlein auf Lager hätten.«

Selten ist mir so ein Mensch begegnet, wobei ich froh bin, dass er mir nicht persönlich begegnet ist…hihi. Ich bin keine Marionette, deren Fäden je nach Bedarf bewegt werden. Ich habe mehr verdient, wie Brotkrumen, denen ich ausgehungert hinterher hechle. Und ich bin kein Kaffeefahrt-Typ, auch wenn ich darauf hereingefallen bin. Ich bin Autorin und eine gute dazu. Selbst wenn eine Million Bücher jährlich neu auf den Markt kommen würden, hätte ich es verdient, dass auch mein Buch vernünftig beworben wird. Denn für jedes Buch gibt es seine Leser. Wir alle haben es verdient! Es gibt so viele, wunderbare Leser, die nur auf unsere Bücher warten.

Und noch bevor ich diese Kurzgeschichte beende, kommen wieder neue Hiobsbotschaften und wieder droht der Herr Autorenvernichten uns Autoren. Und wieder sind wir selbst schuld, wenn wir nicht verstehen, dass er keinen Finger krumm machen wird, um unsere Bücher unter die Menschheit zu bringen. Da fallen wieder diese Worte „Geschäftsschädigung, Falschaussage, Verleumdung, Unterlassungsklage". Und es trifft uns alle wie ein gnadenloser Stich ins Herz. Worte, die uns das Genick brechen wollen, knack und vorbei! Es geht um unsere Leidenschaft, unseren Traum. Voller Wut, Verzweiflung und Enttäuschung sitzt man dann da und liest immer wieder. Drei Jahre sind wir alle gebunden an diesen Vertrag, den wir voller Hoffnung und Zuversicht unterschrieben haben. Doch eins ist sicher! Wer hoch steigt, wird wahnsinnig tief fallen, denn keine Boshaftigkeit bleibt ungestraft. Davon bin ich überzeugt.

Dezember 2019

Es sind Wochen ins Land gegangen, diese furchtbar zermürbende Taktik geht weiter. Zwischendurch durfte ich noch ein paar Neues-Manuskript-Rückschläge einstecken. Okay, okay, ich muss noch sehr viel lernen. Doch diese Sache mit meinem Autorenvernichter macht mich verrückt. Ich frage doch höflich nach, wie es mit der Bewerbung meines dunklen Schätzchens aussieht, wo er die so hoch angepriesene, vor allem auch regionale Werbung betreibt, denn laut Punkt „was-weiß-ich" ist dies vertraglich festgehalten. Weihnachten steht vor der Tür und Bücher sind nach wie vor eine gute Geschenkidee. Da habe ich mir doch erlaubt zu sagen, dass ein Post auf Facebook oder Instagram sicherlich nicht als professionelle Werbung angesehen werden kann und bei weitem nicht als ausreichend erscheint. Hmm…vielleicht denk ich da irgendwie falsch, schließlich ist ja Facebook weltweit und ganz regional gleichzeitig. Ach, Schmarrn. Einen kostenlosen Post kann ich selbst überall hineinstellen und hat mit Professionalität nichts zu tun. Natürlich bekam ich eine Antwort, die ganz seinem Niveau entspricht – nämlich KEINE! Seit Wochen warte ich in meinem stillen

Kämmerchen und starre auf das leere Emailpostfach. Wütend werden meine nun fast täglichen Mails an diesen Antiverlag länger. Selbst diese hübschen WhatsApp-Äffchen habe ich inzwischen mit eingebaut. Nichts sehen, nichts hören, nichts sagen – wahrscheinlich sitzt er jetzt schreiend, verzweifelt und sprachlos gleichzeitig, jeden Tag vor seinem PC und starrt hilflos auf seinen Posteingang.

»Wäh, wäh, wäh…die blöden Möchtegernautoren, können die mich nicht einfach in Ruhe lassen!?«

Bilder habe ich im Kopf, das ahnt ihr gar nicht. Da sehe ich diesen Autorenvernichter, wie er am Daumen nuckelnd, verzweifelt über die vermeintliche Dummheit seiner „Sponsoren" und Möchtegerntipper nachdenkt. Irgendwie muss man sich ja die Sache schönreden. Ich möchte mich nicht mehr als Opfer sehen. Ich möchte kämpfen. Schließlich bin ich ein geborener Steinbock und die Kampfeslust liegt mir im Blut, neben dem Schreiben natürlich. Außerdem wurde mir bereits mehrfach und in verschiedensten Dialekten nachgesagt, dass ich den Verstand mit Löffeln gefressen hätte oder einfach ein Gscheidhaferl bin. Weiß ich wirklich immer alles besser? Wer weiß das schon, doch dumm oder auf den Mund bin ich tatsächlich nicht gefallen und eine gewaltige Portion Wissen trage ich auch ständig mit mir herum. Leider macht mich das auch zu einem sehr nachdenklichen und selbstzweifelnden Menschen. Egal – dieser Verlag, mein Verlag, hat mich fast gebrochen, doch durch meine Leser und Autorenkollegen habe ich wahnsinnig viel Kraft und Rückhalt erfahren. Einen dicken Kuss mal von hier aus in alle Richtungen und sogar verschiedene Länder.

Das Schlusswort

DKZV muss vielleicht nicht immer Abzocke sein. Meinen Verlag kann und werde ich nicht weiterempfehlen. Dieser Verlag hätte mich fast in die Knie gezwungen. DKZV oder richtiger Verlag, die Zusammenarbeit zwischen Verlag und Autor sollte immer auf gleicher Augenhöhe erfolgen und gemeinsam zum Erfolg führen.

»Lieber Herr Verlagsinhaber,

Sie haben mich mit Ihrem falschen Lächeln, den gestellten Fotos des liebenswerten Hundefreundes in diesen Verlagsbus zur Verlagskaffeefahrt gezerrt. Ja, Sie haben recht, ICH bin selbst schuld, ich gestehe, ICH bin auf Sie hereingefallen und ICH wollte resigniert das, was kommt oder in Ihrem Fall eher nicht kommt, einfach hinnehmen und mein Autorendasein abhaken. Ich habe es satt, als fachinkompetent und selbst schuld hingestellt zu werden. Nein, Ihre Brotkrumen nehme ich nicht mehr an, Ihre Kaffeefahrt ist hiermit zu Ende! Sie geben mir die Kraft, durch Ihre zweifelhafte Art, weiterzukämpfen und nicht zu resignieren.

Ich kann schreiben! Und mit mir viele andere Autoren, die auf Ihren Verlag hereingefallen sind. Vielleicht überdenken Sie irgendwann einmal Ihr

Tun und Handeln, denn Sie zerstören Träume, lassen sie wie Seifenblasen zerplatzen. Sprüche, wie „wir bedauern sehr Ihre Ungeduld, aber auch wenn man am Gras zieht, wächst es nicht schneller" oder auch „wir können den Leser nicht zwingen, Ihr Buch zu kaufen" sind unangebracht und nagen am Selbstbewusstsein und lassen Zweifel am eigenen Können aufkommen. Wo sind nur Ihre Menschlichkeit und das Gefühl für die Einzelschicksale IHRER Autoren und Autorinnen? Wie können Sie ruhig schlafen, während viele Ihrer Autoren sich schlaflos und voller Gedanken Nacht für Nacht im Bett hin und her wälzen? Ich fühle mich verraten und verkauft, im Stich gelassen und als weitere Nummer abgestempelt. Haben Sie gar kein Gewissen? Ist es mit jedem Euro, den Sie kassiert haben, verloren gegangen? Sicher sind Sie nur ein Beispiel von vielen, die täglich in dieser Autorenwelt geschehen. Sie haben den Respekt vor unserer Autorenarbeit verloren und das ist der Beginn vom Ende. Ich fühle mich von Ihnen betrogen.

Vielleicht sind Sie privat als Mensch dieser nette, charmante Hundeliebhaber, ein wenig davon sollten Sie in Ihr Geschäftsleben übertragen. Es sind Menschen, mit denen Sie arbeiten, Menschen mit Gefühlen, die Ihr Leben finanzieren.«

ICH WILL DOCH NUR SCHREIBEN!

Noch bevor dieses Büchlein das Licht der Leserschaft erblicken wird, hatte mein Buch, mein Thriller, Geburtstag. Der 01.10.2018, so steht es zumindest im Buch, denn in Wahrheit, durfte es erst Anfang November das Licht der Öffentlichkeit erblicken. Aber selbst das war im Nachhinein Berechnung. Denn wenn es pünktlich zum Erscheinungstermin herausgekommen wäre, hätte mein lieber Herr Autorenvernichter bereits Ende Oktober eine Abrechnung schicken müssen. Tja, und wie ich ja schon erzählte, ist das nicht ganz so einfach. Die nächste Abrechnung steht an und laut meinen Recherchen habe ich ja noch „Glück" gehabt, dass ich überhaupt ein paar Cent bekommen habe. Ende September las ich doch von einem betroffenen Autor, dass er noch kein Honorar erhalten hat. Unverschämt? Nein! Das ist schon kriminell!

Heiligabend. Post von meinem Verlag. Tatsächlich hat er es geschafft, mir meine nächste Autorenabrechnung zu senden. Meine Augen leuchten, doch es ist dieses gehässige, wütende Funkeln in meinen Augen, bei welchem sich wieder zeitgleich meine Hände zu Fäusten ballen und meine Mittelfinger wütend weit ausgestreckt durch die Gegend hüpfen. Etwas lieblos reiße ich das Briefkuvert auf. Ich will es mal so ausdrücken, mein Honorar reicht, um mit mir allein in einem preisgünstigen Restaurant essen zu gehen, natürlich ohne Vorspeise und Nachtisch. Die Feiertage lasse ich mir dadurch nicht vermiesen. Ich lasse mir von diesem Autorenvernichterverlag gar nichts mehr vermiesen! Selbst ist die Frau. Das war meine Geschichte, eine Geschichte, wie sie fast täglich so vielen Neuautoren widerfährt. Diese Verlagskaffeefahrt, die für Autoren im Fiasko enden kann. Selbstzweifel, finanzielles Debakel, wieder Selbstzweifel und Aufgabe. Niemand sollte seinen Traum aufgeben müssen. Niemand sollte an sich selbst zweifeln. Schreiben ist eine so wunderbare Gabe und es gibt immer Leser, die genau auf dein Buch warten. Ich weiß, wovon ich rede. So viele wunderbare Leser geben mir Kraft, warten auf mein neues Buch. Meine Leser machen mich reich und glücklich. Ich druckkostenzuschusse jetzt nicht mehr. Ich habe mich in diesen so schönen Verlagskaffeefahrtbus zerren lassen und habe mich und meine Lust am Schreiben dabei fast verloren. Doch ohne

Buchstabenwirrwarr, Geschichten erfinden, Wut in Buchstaben aufs Papier bringen und mit Lust in die Tasten hauen, kann ich einfach nicht. Macht es wie ich, lasst euch die Lust am Schreiben nicht nehmen. Das Schreiben ist eine so wunderbare Gabe und so besonders.